På rejse med Annette og Jens.

🔖 jenshoey.dk/

Tidligt op og i efterårsbølgen den blå. To smukke mennesker af kvindekøn vinker venligt til den ældre herre, som på sin vej ud fra badeanstalten beretter, at han skal på svingtur med en gammel veninde til El Hierro om et øjeblik. De ser smilende op mod ham fra deres bænk i morgensolen, byder ham god rejse og ønsker højlydt, at det var dem, han havde inviteret. – Men det var det ikke. -Næste gang måske- udbryder han leende, idet han med kuskeslag, for at holde varmen efter det iskolde bad, forlader dem i rask gang langs havnefronten i Bandholm.

Bussen afgår nede fra Veteranbanestationen kl. 8.10 og han er der 10 min før med sin rullekuffert, sin rygsæk og let sommertøj, da det jo er ned til varmen han skal. Han elsker at være i god tid. Hader at have travlt og løbe efter tiden, da han udmærket ved, at han aldrig vil indhente den.

Da han ankommer til stationen, er han tilfreds over at måtte vente 10 min, før toget planmæssigt ruller ind på perronen. I Nykøbing rammer chokket ham imidlertid, fordi et eller andet menneske bevidst eller ubevidst er blevet påkørt af et gennemgående tog, hvorved al togtrafik ind og ud af Nykøbing Falster er blevet aflyst, og han skal møde Annette kl 3 på Hovedbanegården, hvor de har aftalt at vente på hinanden under det store ur overfor McDonald. Han løber forvirret op og ned ad trapper og gange og spørger folk om, hvad han skal gøre, men ingen har andet svar, end så må han vente til det næste tog. Det betyder en forsinkelse på over en time og hvad så med Annette, der sidder og venter? Hun er 82 år lige som ham selv og har rejst hele vejen fra Århus, hvor hun bor på plejehjem for at kunne være under uret og møde ham præcis kl 3. Han farer rundt og ramler ind i et ægtepar, som osse skal til København, og som har fundet ud af, at hvis man tager det næste tog mod Køge, kan man skifte i Næstved og være i København kl fem minutter i tre. Pyha og op og checke ind med rejsekort (som man skal huske at checke ud, når man er færdig med sin rejse, ellers koster det ekstra) for at nå det næste tog og skifte i Næstved, hvor lokoføren bedyrer, at man bare skal over på den modsatte perron for at få toget til København.

En god plads på første sal bag ved en pakistansk familie med en ignorant mand, som hele tiden piller sig i næsen og en endeløst talende kone, samt et skrigende barn, hvor de alle udsender denne sødlige lugt af koriander og karry, som øjensynlig er hovedingredienser i deres daglige kost!

I denne atmosfære tilbringer vor rejsende resten af turen ind mod storbyen kun afbrudt af en endeløs vandring gennem alle togstammens vagoner for at finde et åbent toilet, hvor han kan lade sit vand! Kl 14.58 kører de ind på perron 3, og kl 15.00 står han under uret, hvor han i samme øjeblik ser Annette, der sidder på en stol udenfor den Thailandske grilbar og venter på ham.

Hun er en lille tæt kvinde med kridhvidt hår og øjne som stråler af spænding over den forestående rejse. Han nærmer sig, og idet hun ser ham, udstøder hun et skrig af glæde. Han går hen, bukker sig ned over hende, og giver hende et knus, der forener dem i fælles begejstring over endelig at være nået så langt.

Måneder i forvejen har han forberedt rejsen til den lille ø ude i Atlanterhavet, hvor Annette har funder en dansk mand ved navn "El Capitan", som har slået sig ned der for at nyde sit otium. Annette har selv tænkt måske at flytte derud for at tilbringe sin sidste tid under varmere himmelstrøg. Derfor besluttede den ældre herre, hvem vi nu for en ordens skyld vil kalde "Jens" at arrangerer en rejse til øen, som således tog sin begyndelse med de to meneskers møde på Hovedbanegården en eftermiddag i november måned.

– Først skal vi ud til Ørestad station, siger Jens. – Siden må vi vandrer et lille stykke vej over mod Cabinn, hvor jeg har reserveret to værelser. Vi flyver i morgen kl 10.15, så vi skal tidligt op for at være i lufthavnen 2 timer før for at checke ind.

Annette følger med ned til toget mod Sverige, og efter et enkelt stop står de af og begiver sig i isnende blæst over mod hotellet, hvor de indlogerer sig i hver sin lille "kahyt". Annette er dødtræt og går straks til ro, mens Jens ikke kan dy sig og må op i "Fields" for at købe en stor rejecocktail, som han fortærer ved det lille skrivebord mens han ser tv om QAnon bevægelsen i USA, som beskylder præsident Biden for pædofili. Så slumrer han ind under den kølige hoteldyne og vågner først kl. 6 ved mobiltelefonens summen.

De skal have en taxa over til terminal 2, som receptionen sørger for, og snart er de igang med at checke ind og få al deres bagage endevendt, inden de endelig havner i den toldfri parfumeafdeling. Lidt efter sidder de ved et bord og spiser medbragte flutes med norsk ost. Annette kan ikke holde larmen fra nogle nordmænd ved nabobordet ud, og de beslutter at gå ud mod gaten. Det er imidlertid en meget lang vej, og da Jens får øje på en Falckmand med en lille transportvogn, beslutter han at henvende sig og bede Falckmanden om hjælp til at transportere Annette derud. Der er intet Falckmanden hellere vil, og snart sidder hun højt på strå oppe i vognen, som drøner afsted ud mod gaten, mens Jens løber ved siden af. De kommer ombord i det store Norwegianfly, hvor Jens har reserveret sæder ved nødudgangen med ekstra benplads. En bøsig herre vil skille dem ad og påstår, at de sidder på hans plads og han har bestilt mad, og så vil han ikke få, hvad han har bestilt. En tililende stewardesse løser problemet, så manden får sin kødmad, mens Jens og Annette får det veganermåltid, han har bestilt. Manden fortsætter chikanen med at bemærke, at de slet ikke burde flyve, men istedet køre i tog, da de jo er veganere og klimatosser!

Flyet letter som sådanne gør og de falder ikke ned, men kommer opover skyerne og er snart i højde med Mount Everest, som Jens højlydt bemærker, er et passende sted at falde til ro i tracendental meditation, hvilket den bøsige herre irriteret tysser på. Så kommer veganermaden, og den kan Annette ikke lide. Hun siger puha og pøj, og Jens får lov at spise hendes, mens hun spiser resten af fluten med den norske ost. Efter 6 timers rolig flyvning lander de i Las Palmas internationale lufthavn og her sker der noget, de absolut ikke havde forudset. Falck manden, som hjalp dem på vej ud til gaten har i mellemtiden arrangeret, at Annette skal hentes i en stor ambulance sammen med en invalid svensker og et ældre nervøst ægtepar med rystesyge. Da de kommer hen til udgangen oppe ved cockpittet, står de to piloter og tager imod sammen med tre spanske kvinder i uniform og med skrattende walkie talkies, som de hele tiden råber ind i, mens de samtidig dirigerer en stor lift, som langsomt hæver sig op mod flydøren, hvor den stopper og lade to rullestole køre ind. En af dem forsøger de spanske kvinder at presse Annette ned i, og det bliver for meget for den gamle dame, som slet ikke aner eller forstår nogetsomhelst af, hvad der sker. Jens står et stykke bagved og kan ikke nå at gribe ind, før Annette, chockeret som hun er over den kaotiske situation, tager sig til ansigtet med begge hænder og giver sig til at skrige højt som en stukket gris!

Jens styret til og forsøger at berolige hende, men det er tydeligt, at hun er i panik, og det bliver ikke bedre, da de nu bliver bragt ud på liften, som i det samme sætter sig i bevægelse nedad i nogle gevaldige ryk. Hun skriger nu som en besat, og det er kun med nød og næppe og under opbydelse af alle sine mentale kræfter, at han formår at berolige hende så meget, at de undgår et politilhold og en hospitalindlæggelse på den lukkede afdeling. Tilsidst lader det spanske flypersonale dem slippe. Annette sidder i rullestolen, som Jens skyndsomst triller afsted med væk fra alle de "hjælpsomme" mennesker og ud til taxaholdepladsen, hvor de prajer en bil, som kører dem hen til den ventende lejlighed i Las Palmas, hvor de skal overnatte, inden de skal op i det lille indenrigsfly til El Hierro. Her står en rar mand og tager imod dem og sørger for, at især Annette får den bedste seng, idet det ligger hende meget på sinde at sove godt! Det er et stort rum med kolde hvide vægge og en sofa midt i, som Jens får tildelt. Ude bag en mur står dobbeltsengen, som straks forkastes, da den er for blød. Jens er begyndt at blive træt af alle de vanskeligheder denne rejse har pålagt ham og ønsker kun een ting, og det er at være alene. Desværre kan han ikke gå fra Annette, da hun højst sansynlig vil forsøge at gå en tur med stor risiko for, at hun bliver væk i den lille bys snævre gader. Klokken nærmer sig syv. Det er begyndt at blive mørkt udenfor.
Jens tager sig sammen og inviterer sin dame på en spadseretur ned til stranden. De går til en udtørret flod, som fører dem til en kulsort lavakyst, hvor nogle mænd står og fisker. Havet er uroligt og himlen gul-lilla med optræk til storm. Jens gruer for flyveturen næste dag med det lille propelfly ud til en af verdens farligste landingsbaner, der ligger tæt op ad stejle klipper på øen, de vil besøge. Jens ved i bund og grund slet ikke, hvorfor han er taget afsted med Annette. Allerhelst ville han rejse alene, lige som han plejer, men udfordret af Annettes store ønske om at tage afsted for at komme ud og finde den mand, hun havde læst om, som havde fundet fred på El Hierro, sprang han på og tilbød at arrangere det hele og fungere som rejseleder for sin jævnaldrende kammerat.

De forsøger at finde en restaurant, hvor de kan spise aftensmad, men der er ingen. Istedet køber de noget brød, frugt og syltetøj i et lille supermarked. Det indtager de under en skarp loftslampe i det hvide rum, før de dejser omkuld på hver sit leje i den fremmede by på sydkysten af Gran Canaria.

Jens sover kun nogle få timer den nat. Inde ved siden af i Annettes rum lyder der ustandselig høje støn og mishagsytringer. Det er når hun vender og drejer sig og ikke kan finde ro i den alt for bløde seng. Selv må han op og tisse flere gange på trods af, at han er begyndt at tage nogle nye amerikanske piller mod forstørret prostata…

Således ligger de to 82 årige i hver sin seng i samme rum og skal for første gang gennemføre en nattesøvn sammen. Jens ligger først på den ene side så på den anden og tilsidst på ryggen, mens han lytter til Annettes snorken. Han kan bare ikke falde i søvn og har bange anelser om turens videre forløb. Det bliver dog endelig morgen.

Taxaen kommer kl 12 for at hente dem. Flyet afgår kl 15.40 og Jens skal finde ud af, hvorledes de kommer fra indenrigslufthavnen og over til deres Norwegianfly på tilbageturen, så de undgår en ny episode med panik og en skrigende Annette, når de skal hjem!
Han anbringer Annette på en bænk og stæser frem og tilbage for at lære vejen fra indenrigs til udenrigs, så de smertefrit kan komme videre på de små to timer, der er fra de lander og til de igen skal flyve tilbage til Danmark. Det lykkes ham at forstå den stor lufthavns indviklede terminaler, og beroliget over sin plans gennemførlighed gelejder han Annette gennem securitycheck, hvor hendes saks bliver taget fra hende uden hun hidser sig op af den grund!
Jens er ved at været lettet over, hvor fredeligt det hele går og finder en "Starbucks" kafé med to dybe lænestole og et lille bord. Annette vil op og købe kage og noget at drikke og sætter sig i køen på en stol, hun henter ved et bord, og som hun rykker frem efterhånden som der bliver plads. Hun har svært ved at stå op i længere tid, og folk i køen synes bare, det er hyggeligt med den gamle dame som rokker sig fremefter på sin stol! De spiser kage og drikker the og freden begynder at falde over dem.
De to gamle mennesker på vej ud i verden mod nye æventyr!

Men flyvemaskinen venter. Den venter ude på startbanen med propellerne i skrigende fart.
Jens og Annette fik flyttet sig ned i afgangshallen hos de søde stewardesser, som forlangte at se både pas og boardingkort, som Jens havde lagt op på 2 mobiltelefoner, så de hver for sig kunne skanne og komme gennem lågen ind til røret, der førte dem til trappen op til det lille blåmalede Binter Canaria fly, hvor de fik en plads midt i kabinen og blev pålagt straks at tage maske på, for det gjorde man stadig i Spanien, endskønt coronaepedemien forlængst var ovre. Den smukke men noget stramtandede flypiccoline kastede sig straks bebrejdende over Annette, der først slet ikke ville bære maske og dernæst kun satte den for munden og lod næsen fri. I fuld fart taxede de ud til start og fór med flere hundrede kilometer i timen frem og op gennem et tykt skydække, som hurtigt skjulte jorden, så de blev alvorligt i tvivl om piloten kunne finde øen. En lille time fløj de, indtil maskinen tog et brat dyk og de nærmest på klods hold passerede lodrette vulkanske

lavasider, mens de slingrede nedad genne grå tågebanker. Jens sad og filmede det hele, idet han konstaterede, at det måske blev hans sidste film i dette liv!

Der var ingen landingsbane at se, før det øjeblik de satte hjulene på jorden. Det gav et ordentligt bump, hvor flyet skred en anelse ud til siden i betænkelig nærhed af klippekanten ned mod havet. Så blev farten bremset op, og de var landet på El Hierro!

De kære mennesker Robert og Nieve fangede først Annette i ankomsthallen og senere Jens, som kom dryssende i langsomt tempo overordentlig lykkelig over at være i live ovenpå den flyvetur! Det var deres hus, de skulle bo i, men før de kørte derop, måtte der provianteres inde i Valverde i et supermarked, hvor der blev købt mad ind til de næste par dage.

Det lille bjælkehus ligger højt over havet på en bjergside omgivet af buske, lavt krat og majestætiske palmer. Store kaktus, agaver og små nåletræer samt et utal af forskelligartede grønne planter dækker hele området. Små huse i grå og brune kulører ligge som klodser spredt over landskabet. Mellem dem løber smalle og meget stejle veje, og ad en sådan bevægede det lille selskab sig. Knapt havde man troet, at nu var de der, tårnede en ny nærmest lodret stigning sig op, som de måtte passere i første gear i rimelig fart for ikke pludselig at blive bragt til standsning med risiko for at styrte bagud ! – Her kommer jeg da aldrig op til fods, tænkte Jens. Annette udstødte hvin på hvin hver gang en ny bjergvej viste sig forude, men endelig hørte stigningen op og de drejede ind på et plateau foran indkørslen til huset, som de skulle bebo de næste 14 dage.

Der var stillet op til deres ankomst af værtsparret som præsenterede faciliteterne og viste om i haven, hvor der voksede gulerødder, som de godt måtte spise. Ret hurtigt forsvandt de imidlertid, og lod som om de ikke hørte Jenses bøn om at måtte blive kørt til lufthavnen om mandagen, hvor lejebilen skulle afhentes. Han måtte således se i øjnene, at han selv måtte finde vej ned ad den stejle skrænt til den nærmeste holdeplads for bussen til lufthavnen, hvor bilen stod. Det irriterede ham, men han sagde ikke noget for ikke at rage uklar med parret.

De var nu alene og Annette skulle selvfølgelig afprøve sengen, idet hun sagde, at hvis den var for blød, ville hun på hotel med det samme! Det var den ikke, så de blev i huset, lavede en kop the og gik så i seng.

Jens sov i stuen på en sovesofa, og Annette fik dobbeltsengen i soveværelset. Så var det arrangeret og de sov natten igennem, hver på deres måde med hyppige toiletbesøg og rømmen sig og hosten i søvne og i vågen tilstand. Der var lidt krig om hvem der skulle have den tykke dyne. Annette vandt og Jens måtte kryb ned under 3 lag tynde vattæpper, der ikke ydede nok beskyttelse af hans kuldskære fødder, som måtte forsynes med sokker for at holde kulden ud heroppe i 1500 meters højde. Han drømte om varme strande, hvor han kunne dykke og faldt så endelig i søvn.

Den følgende dag blev de i huset. Gik et par småture og konstaterede, at ret langt kunne de ikke komme, før de stødte på nærmest lodrette nedkørsler, som det ville være umuligt at gå tilbage ad, hvis især Annette, som fik åndenød ved selv den mindste anstrengelse, skulle med. De holdt sig derfor på platauet, hvor de trippede rundt et par gange indtil det blev aften og de atter tørnede ind.

Nu i et særdeles anspændt humør var Jens, der om morgenen måtte afsted for at hente bilen i lufthavnen. For at nå bussen nede i Mocanal skulle han gå hjemmefra i bælgravende mørke ad disse djævelsk stejle hjulspor, hvor belysningen ene og alene blev frembragt af en søvnig måne delvist skjult af hastigt forbipasserende skyer. Derfor havde han (gudskelov) medbragt en kraftig pandelampe, nærmest som anede han, hvad der ventede ham. Den tog han på og bevægede sig forsigtigt ud i mørket. Med bittesmå skridt for hele tiden at have sikkert fodfæste gik han nedad og nedad den næste time til han endelig nåede hovedvejen, hvor busstoppestedet var. Han troede han havde god tid, men bussen kom et kvarter tidligere end planlagt, og det var i sidste øjeblik han fik den standset og kom med. Han skulle skifte ved politistationen, hvor han mødte en hippie, som netop havde været oppe og betale sin bøde for besiddelse af cannabis. Denne tilbød ham en joint, hvilket han afslog uden dog at være uhøflig, og de fik en hyggelig samtale på vej ud til lufthavnen, hvor hippien skulle rejse til Lanzarote, mens Jens jo skulle hente sin bil hos AVIS.

Han var i god tid. Bilen skulle først afhentes kl 12. Han vidste ikke, hvor det skulle foregå, men en venlig dame i receptionen forklarede, at det foregik ude på parkeringspladsen. Så var der ikke andet at gøre end at vente, hvilket han gjorde og brugte tiden på at arrangerer en transportør til at bringe Annette fra det ene fly til det andet, når de engang skulle hjem. De havde kun 2 timer til skiftet, og Annette var jo nemt panisk og dårligt gående.

Manden fra AVIS dukkede op. Han talte hurtigt spansk og manipulerede Jens til underskrift og kreditkort overlevering på et øjeblik, hvorefter han forsvandt. Jens nåede således ikke at kontrollerer dækkene, som senere viste sig at være totalt nedslidte!

Nu var han i bil, og så var det hele meget sjovere – og nemmere! På få minutter var han hjemme ved den opkørsel, han tidligere havde slidt sig ned ad. I første gear steg han op og parkerede udenfor deres hus, hvor Annette var stået op og klar med frokosten. Længe varede det ikke før de havde spist og pakket til deres første tur i bil, hvor de for alvor skulle ud og opleve den fantastisk ø!

Andet afsnit.

Nu vil jeg idag den 14 november, 4 dage inden vi skal rejse herfra (El Hierro) gå fra at skrive på min hjemmeside til at skrive på pages, da internettet heroppe på vores bjerg er så elendigt, at hvert andet ord, jeg skriver, falder ud, og det er jo ikke så godt, vel kære læser?

Jeg skulle netop til at beskrive vores første tur med bilen, som førte os ned til kysten på vestsiden af øen til en badegrotte ved navn Pozo de las Calcosas, da nettet faldt ud, og jeg måtte gå i seng med uforrettet skrivesag. Nu er der atter gået en dag, uden jeg har fået skrevet noget, så hermed turen, som jeg erindrer den.

Annette ville gerne ned til kysten, og det ville jeg også, så vi blev hurtigt enige, da jeg vendte hjem med bilen fra lufthavnen, hvor jeg havde hentet den hos den veltalende AVIS mand, om at køre afsted. Ned ad den stejle vej med de mange farlige sving, hvor en modkørende bil øjeblikkelig vil medføre en alvorlig situation.

– Der kom ingen bil, og oplivet af vores held, valgte vi at fortsætte tværs over hovedvejen og lige lukt ind i, hvad der senere viste sig at være det rene helvede!

I begyndelsen gik det meget godt. Vi snoede os langsomt ad de små veje mod kysten, som vi troede lige var rundt om det næste hjørne, men som hele tiden viste sig at være længere og længere nede. Endelig nåede vi en plads, hvor vi kunne stille bilen og gå ud og kigge hen over en mur ned til havet, som stadig lå nogle hundrede meter under os. Bølgerne var enorme, og denne Pozo viste sig at være ganske oversvømmet af en voldsom brænding.

Jens prøvede at finde ud af, om der gik en vej ned til et sted, hvor de kunne bade, men det så helt umuligt ud. Der var en smal stentrappe, som førte til nogle hytter og en pool, der nok om sommeren kunne være det sted med krystalklart vand, man så på fotografier, men som nu var en kogekeddel af brusende vandmasser. Annette stod oppe ved bilen og nærmede sig kun tøvende, da Jens råbte til hende, at det var omsonst at forsøge at gå derned.

De blev derfor enige om at køre videre, og hvad var mere indlysende end at fortsætte ad de små snoede veje op langs kysten til det lille badested Tamaduste.

Jens havde sin mobiltelefon koblet på google map, og her så det ud til, at der var en direkte rute derover. De kørte derfor afsted i fuld tillid til google-damens vejledning.

I begyndelsen gik det meget godt. Der var nogle stejle snoninger, som de passerede fint, men med eet blev vejen smallere og meget stejl, så stejl, at selvom de kørte i første gear, havde bilen svært ved at trække dem op.

Engang gik de i stå på en vej med over 40% stigning, og da begyndte Annette at skrige, for bag dem lå afgrunden flere hundrede meter nede.

Jens mærkede koldsveden på ryggen, mens han krampagtigt holdt fast i håndbremsen og stemte foden hårdt i bremsepedalen, idet han gassede op. Så slap han bremserne og udløste koblingen. Hjulene fór rundt uden at gribe ordentlig fat i grusvejen (de nedslidte dæk…), og et øjeblik så det ud, som om de skred bagud. Der var ikke andet at gøre end at standse igen og holde fast på begge bremser.

Annette var hvid i ansigtet af angst og forsøgte i sit vanvid at springe ud af bilen og skubbe bagpå.

– Stop, for helvede, råbte Jens. – Kan du så se at komme ind igen. Vi prøver endnu en gang, så skal det nok gå.

Annette adlød og satte sig ind.

De prøvede igen, og ved et guds under lykkedes det bilen at få så meget greb, at de kunne komme op ad bakken og hen til et stykke vandret vej, hvor de kunne køre videre. Googledamen sagde, at de skulle til venstre ad en sidevej næste gang, og de havde ikke anden udvej end at følge hende. De kunne ikke vende på det smalle grusspor, så de kørte, som hun sagde, men det skulle de ikke have gjort, for nu blev vejen endnu smallere og var stadig ret stejl. Bilen begyndte at lugte af brændt gummi og overbelastning af det elektriske system. Jens blev klar over, at denne deres første tur på El Hierro nemt kunne blive deres sidste. Det er en vulkanø med lodrette fjeldvægge, som styrter sig i havet, og vejene er overalt snoede serpentineveje langs dybe afgrunde.

Langsomt bevægede de sig opad, da de mødte en mand, som stod og gravede. Jens standsede og spurgte ham, hvorledes de kunne komme op på en større vej. Han rystede på hovedet. Den eneste måde var lige frem, men som han sagde, var den meget stejl og smal. Dog endte den oppe på hovedvejen, men som sagt, – den var svært stejl!
Det var lige, hvad de havde brug for! Endnu en udfordring og angstfyldt situation, men der var heller ikke nogen vej tilbage, så de takkede manden og kørte videre.
Stejlere og stejlere blev det, da de endelig nåede opkørslen til hovedvejen. En lille smal cementopkørsel, som mundede ud direkte i modsat retning af det ene spor på hovedvejen, hvor bilerne ville komme frontalt mod dem, når de kørte op. Der var ingen mulighed for at holde og orientere sig på den skrå flade. Det gjaldt om at sætte i første gear og køre op i eet hug!
En bil nærmede sig, satte farten ned og standsede, da føreren opdagede Jens og Annettes bil stikke snuden frem nede fra den lille tilkørsel.
Annette var sprunget ud og vinkede til kvinden bag rattet, at hun skulle holde stille, og i det øjeblik satte Jens fuld kraft på motoren, slap koblingen og med et voldsomt hop kom bilen op på hovedvejen, og de var frelst!
Fuldstændig udmattede satte de kursen mod Tamaduste og besluttede, at de aldrig mere ville stole på googledamen.
Især ikke på El Hierro!

Nu på rimeligt store og asfalterede veje varede det ikke længe, før de kunne køre ind i den lille bys snævre gader, hvor de fandt en parkeringsplads tæt ved trappen, som førte ned til den store pool med direkte adgang til Atlanterhavet. Kraftige bølger sendte dønninger ind langs brede trappetrin med gelænder, hvorfra den badende kunne bevæge sig ud i vandet. Der var anlagt en træbro hele vejen rundt, og her mødte de en gruppe nordmænd, som de kom i interskandinavisk snak med. Det var turister ligesom dem selv, og de fortalte, at vandet var 26 grader og aldeles udmærket. Jens sprang i med det samme for at dulme sine nerver ovenpå den oprivende tur. Annette foretrak at vente oppe på en bænk under en parasol og snakke med nordmændene.
Da Jens var færdig med at svømme rundt i poolen, løb han op til et lille supermarked og købte brød og nogle bananer og chokolade til Annette.
De var enige om at tage tilbage en anden dag, hvor Annette også ville bade og Jens forsøge at dykke med sin snorkel og se på fisk.

-Så skal vi lige have lidt direkte fra skuffen… (Skriver Jens.)

-Det er et mærkeligt forhold det her mellem mig og Annette. Jeg ved ikke hvorfor, men det virker, som om vi faktisk har det meget godt med hinanden på trods af vore små skærmydsler. Det skyldes måske, at vi kender hinanden fra gammel tid. Jeg prøver at følge hendes ønsker uden samtidig at blive underlagt hendes til tider lidt kaotiske lune.

Vi går små ture op til gederne, og hun holder mig på armen for at få støtte. Hun går ikke særlig godt, men kommer dog frem i små bidder.

-Jeg er jo fuldstændig i mit es, når vi er nede på La Caleta stranden, og Annette nyder vandet lige så meget som jeg, og hun er fantastisk i sin begejstring over Atlanterhavet, som hun svømmer/flyder rundt i, mens hun udstøder sine besynderlige brumme og grinelyde. Men en gang imellem bliver jeg lidt sur, når hun vil bestemme, og jeg synes det er urimeligt. Jeg indser dog hurtigt, at hele denne tur er på hendes præmisser og indordner mig hendes luner i venlig stilfærdighed.

Jeg indser, at jeg også har brug for lidt ro, og det er der rigeligt af heroppe på Calle Artinga blandt geder, palmer og grønne bjergskråninger.

Jeg laver mad til hende hver dag, og det glæder mig, at hun nyder det. Hun er meget besværet af sin alderdom. Jeg er friskere og kan til tider være lidt ærgelig, når hun siger, at nu vil hun hjem; når jeg sagtens kan nå et snorkeldyk mere nede i La Caleta. Men jeg har lært at bøje af.

I de første dage var det svært, når jeg syntes, hun bestemte for meget og ville køre turen efter sit eget hoved, men nu har jeg indset, at det er meget godt for mig at indstille mig efter hendes rytme. Jeg går små ture, maler og tegner lidt og skriver som her om aftenen, når hun er gået til ro.

Udenfor blæser det helt vildt, men vinden er mild og varm. I går kom der en mus løbe de ind under min seng.

Jeg sover godt heroppe og føler en meget stærk ro strømme ud fra stedet og bjergene omkring.

Godnat.

PS. I morgen skal vi på museum og se kæmpe lizard. (Firben på 60 cm!)

Følgende dag:

Det var dødsygt at se de stakkels store paddedyr ligge livløst bag glasruden, som nysgerrige turister passerede forbi. Jeg gik udenfor i solen og satte mig på en sten, mens Annette forbrugte de 10 euro, det kostede at bevæge sig omkring i dette refugium for fortidsøgler. Der var osse nogle gamle huse, som de oprindelige indbyggere på El Hierro boede i. De kom fra Nordafrika, og der er stadig mennesker på øen, som nedstammer fra berberne i Marocco. En plakat afbillede disse folk, mens de gjorde sig til gode med fortidsøglerne på spid over bål. Det mærkelige var bare, at disse var hvide og lignede skandinavere. Måske det skyldes, at man er flov over at nedstamme fra sorte...

Gudskelov mente Annette, at vi skulle køre til La Maceta, hvor der er store åbne bassiner, man kan bade i, godt beskyttet fra brændingen og det brølende hav. Jens sprang begejstret ned blandt de tyske damer, som lå og kørte rundt i den kraftige strøm. Annette sad oppe på en bænk og vinkede. – Det var så smukt det hele! Ellers kunne hun godt blive vred og ville bestemme, og så måtte Jens bare makke ret. Men den dag var der frit spil til at bade, og han nød det!

Nu sidder han den næstsidste aften i stuen med den sædvanlige flue, som jager gennem luften som en forvildet russisk misil. Han er lidt træt og har ondt i sin tandlægenakke, som han smører med "Traumel" efter sin datters anvisning.

Han skriver:

I dag var vi først inde i Villa Valverde, som er hovedstaden på øen, og købe frimærker til Annettes uendelige mængde af postkort. Hun har nok skrevet over 20 postkort, og da jeg bemærker, at hun har en stor vennekreds, svarer hun, at hun aldrig ser dem. Det er blot, så de ved, hvor hun er! (e-mail og computer skal man ikke foreslå. Det afviser hun kategorisk med et fnys!)
Vi var osse i lufthavnen, da dækkene jo viste sig at være under al kritik. Det lykkedes at få AVIS til at skifte dem på et lille værksted overfor benzinstationen. -Tak for det!
En punktering i en kurve med flere hundrede meter ned til siden er ganske sikkert en dødsdom!

Onsdag den 9 november.

En meget berømt grotte med isblåt vand, fisk og et fantastisk reflekterende lys er ifølge "Lonely Planet" Cozo Azul. – Der skulle Annette og Jens selvfølgelig hen.
I strålende sol drog de afsted med godt humør og oplevelseslyst. Et stykke vej kørte de langs vestkysten, som skråner stejlt mod havet, og hvor alle tilkørsler sker ad små snoede serpentineveje.
De snirklede sig frem mellem tørre blåsorte buske og knudrede lavasten. Havet var synligt, men stadig dybt nede. De huskede den fatale tur til Pozo des las Calcosa, og ville nødig gentage den. Til sidst hørte vejen op, og de kørte ind på en plads med et massivt rækværk foran en stejl mørkebrun skrænt med en smal trappe, som førte ned til grotten.
Den var fuldstændig overskyllet af store bølger!

Det var øjensynlig "off season", for her var heller ingen mennesker. Fra en mast blafrede et gult advarselsflag, som fortalte, at det ville være uansvarligt at begive sig ned i det oprørte hav.

De besluttede (eller Jens gjorde), at så kunne de lige så godt, nu de var i gang, køre videre ned til øens sydspids La Restinca. Det var også der danskeren, som Annette havde læst om i et blad, skulle bo. De fortssatte derfor ad smalle snoede veje, der efterhånden som de kom frem, lå tættere og tættere på de dybe kløfter og stejle skråninger, som strækker sig hele vejen rundt om øen.

Det er kun en tiendedel, der rager op. Det resterende breder sig dybt under havet i et enormt areal af vulkaner, som er forbundet med hinanden, og som udgør det Canariske arkipelag.

Jens kørte stille og roligt, men på trods af det sad Annette og krammede bilens armlæn og udstødte angstskrig, når de drejede langs de afgrunde, som hele tiden åbnede sig i den side af vejen, hvor hun sad.

Efter nogle timers kørsel nåede de toppen af en vulkan og gjorde holdt. Landskabet var pragtfuldt i sit grøngule klæde af vilde buske og blomster. Dybt nede lyste havet mørkeblåt, og på begge sider af stedet, de stod, hævede enorme lavabjerge sig.

Ikke en vind rørte sig. Der var musestille.

Annette og Jens gik tavse omkring og følte sig på en mærkelig måde hjemme her under himmelkuplen på den nøjsomme jord.

De kørte videre og kom ind i en stor pinjeskov, hvor vejen snoede sig mange kilometer. De mødte kun få biler og havde således det store område helt for sig selv.

Denne snoen sig ind og ud mellem træerne, hvor lyset kastedes tilbage fra de irgrønne nåle og lysebrune stammer var berusende. Efterhånden indfandt der sig en stille rytme i Jenses kørsel, som virkede beroligende på Annette. Hun livede op og kom med begejstrede tilråb over al den skønhed, de passerede.

Det viste sig snart, at hvad de i begyndelsen havde troet var en smuttur, i virkeligheden var en heldags ekspedition!

Klokken var over to, da de endelig kom ud fra skoven og kunne se byen La Restinca og havnen ligge under dem.

I store bugter løb nedkørslen direkte til havnekajen, hvor en invalid-parkeringsplads ved siden af en udendørs fiskerestaurant blev valgt som endemål. (Annette er dårligt gående, så Jens mente godt, de kunne forsvare at bruge rullestol-symbolet som holdested!)

Få minutter efter, at Annette var blevet anbragt ved et bord, og en tjener havde modtaget bestilling på tuncrocetter og sværdfisketallerken med friteret gemüse samt vand til dem begge, løb Jens ned til en lille strand inde i havnen, smed tøjet og sprang på hovedet i vandet.

Han dykkede og svømmede et par omgange, gik i dusch og kom så op til Annette, der i mellemtiden havde fået maden serveret og sad og fodrede en flok små søfugle med brødet og tuncrocetterne til stor forargelse for tjeneren på den fine havnerestaurant!

Fisken var upåklagelig. Store regulære fileter stegt i olivenolie helt uden ben. Sprøde ristede peber, løg og agurkestykker og små skiver stegt tomat. Brødet (det der var tilbage efter Annettes dyrevenlighed) var friskbagt og vandet perlende og køligt. De spiste og nød sceneriet med de mange lystsejlere, som bragte minder frem i Jens, der i sin tid havde besejlet farvandet mellem de Canariske øer i sin Sagitta sejlbåd, hvor han havde overvintret på La Palma, en ø ikke langt fra El Hierro.

Mens Jens sad og drømte om den forgangne tid, gik Annette på sine skæve gamle ben op ad den smalle gade, der førte fra havnen og ind i Restinca by og satte sig under et halvtag sammen med nogle lokale mænd, der hold siesta.
Jens betalte for måltidet, rejste sig og gik efter hende og fandt hende i snak med en lyshudet ældre herre med blå kasket. Han var nordmand, fastboende og kendte godt denne "El Capitan" eller Niels K.J. Nielsen, som han havde mødt for flere år siden. Så vidt han vidste , var manden død, men alligevel var det en stor fornøjelse for Annette at få en slags "kontakt" med danskeren, som endelig havde fået fred fra sin alvorlige eksem under den Canariske sol. Hun havde medbragt en artikel fra ugebladet, hvor mandens historie var beskrevet med billeder af ham selv udenfor sit hus, og nordmanden nikkede bekræftende, da han så det. Det var ganske tilfældigt, at nordmanden netop sad på den bænk, hvor Annette slog sig ned, og både Jens og hun var enige om, at det var et lykketræf!

Nu skulle de tilbage en lang tur op langs den østlige kyst gennem El Pinar og Janama og havde bange anelser om bratte stigninger og snoede veje.
Overraskede blev de imidlertid, da vejen op over øens ryg viste sig at være ganske jævn og lige. På kun en time førte den dem direkte til deres hus. Annette udstødte et jubelskrig over at være så hurtigt hjemme, og snart sad de i det lille køkken og spiste en stor skål salat, som Jens havde tilberedt af modne advocado, saftige løg, faste tomater, agurk, rød peber, hvidløg og en mængde grønne oliven uden sten altsammen overhældt af gylden olivenolie og en ualmindelig velsmagende lokal balsamico, som især Annette satte stor pris på.
Det var Jens, der hver dag lavede maden. De købte ind i et stort supermarked i Valverde og sørgede for altid at have friske grøntsager, brød, mælk og margarine.
Det gik helt fint det med spisningen, og bagefter hørte de dansk radio over internettet, når det da ikke gik ned, og de måtte nøjes med landlige lyde fra får og geder, som gik frit rundt i området. (Ofte et langt bedre alternativ!)
Stedet var var et under af vild natur blandet med menneskelig aktivitet i form af stengærde, som skærmede den frugtbare vulkanske jord fra skred og dannede grobund for en lang række vegetabilier, især kartofler og gulerødder, som også voksede i haven, der hørte til huset, og som Annette gravede op og føjede til Jenses salat.

Efter deres katastrofale køretur var de som tidligere nævnt havnet i den lille by Tamaduste, hvor de besluttede, at de en dag ville tilbage og bade.
Denne dag var nu oprundet og efter en god nats søvn med adskillige tissepauser fra dem begge, gjorde de sig klar til at køre ud.
Jens havde lagt ruten, de kørte, på sin navigator; og selvom de havde dårlig erfaring med googledamen, var det alligevel en god sikkerhed, når blot de holdt sig til de større hovedveje. De ankom til Tamaduste et godt stykke op ad formiddagen, og der var allerede mange badegæster, som lå og solede sig eller svømmede rundt i det store

bassin. Jens fandt en skyggefuld plads under en parasol, hvor Annette kunne sidde og skifte til badetøj. Han holdt sig parat til at hjælpe den 82 årige gangbesværede kvinde ad de stejle trin mod vandoverfladen, som var en del oprørt af udefra kommende Atlanterhavsbølger.

Annette steg forsigtigt ned på de glatte cementsten, mens hun holdt i et stålgelænder med sin venstre hånd og i Jens med sin højre. Han gik hele tiden foran hende parat til at gribe, og hun kom således helt i vandet, da pludselig en stor bølge ude fra havet bragede ind langs molen ved siden af trappen og væltede den gamle dame omkuld, så hun trimlede bagover med en sådan kraft, at Jens havde meget svært ved at holde hende oven vande. Det skræmte øjensynlig ikke Annette, der følte sig tryg ved gelænderet og Jenses hånd. – Hun rullede rundt som en sæl og dykkede hovedet ned i de hvirvlende vandmasser og skreg så højt af glæde, at nogle af de solbadende unge spaniolere kom ilende til og spurgte om der var noget, de kunne hjælpe med!

Det var Annettes første havbad på El Hierro, og det blev ikke det sidste…

Hun kom op og ud af vægtløsheden i vandet, hvorefter de gik til et lille supermarked og købte modne advocado, store tomater, vand og nybagte flutes, samt små søde lokale bananer, som de indtog på bænken langs kajen i gensidig enighed om, at livet på ingen måde kunne være bedre, end det var nu.

Natten var det bedste ved opholdet i hytten, syntes Jens. Når Annette efter megen stønnen og pusten var gået til ro, og de enste lyde var hundeglam, der ekkoede forskellige steder i mørket langt borte, listede Jens ud på verandaen og lod sig overvælde af stjernehimlen med den store Orion konstellation, der som en kæmpe sommerfugl båret af Arcturus og Betelgeuse styrede direkte ned på hans nethinder. Mars var også altid tidligt på færde og blafrede ildrød deroppe på firmamentet.

Han nød stilheden ovenpå den lange dag sammen med sin veninde, der ikke altid var lige nem, fordi hun var meget frygtsom under deres køreture mellem de stejle skrænter og dyb slugter. Han måtte samle al sin ro og koncentration under kørslen ad de smalle veje, mens hun ustandselig kom med angstskrig og råb, somom de var lige ved at falde ned. Hans erfaring med hendes skrigen, gjorde ham usikker i sin kommunikation, idet han ikke vidste, om han skulle føje hende, når hun hidsede sig op over ingenting eller skulle prøve at markere sig med fast hånd, når hun blev hysterisk. Det kom ofte til sammenstød især i begyndelsen af deres rejse, hvor de kom til at stå overfor hinanden næsten som fjender. Med tiden glattede de skarpe kanter sig dog ud, og den daglige rutine med madlavning og lange gode samtaler under måltiderne gjorde, at de igen fandt et fælles trav, som befordrede deres videre færd på denne besynderlige tur.

La Caleta er et badested med store åbne pools bygget ind i klippen i forskellige niveauer. Vandet i dem er filtreret havvand, som på østsiden af øen er mere roligt med mulighed for snorkeldykning fra moler med trapper, der fører ned i revlignende områder med en rig bestand af forskellige fisk og havdyr at kigge på.

Det var lige noget for Jens, som havde medbragt et dykkersæt, han brændte efter at tage i brug.

De spiste deres morgenmad med mysli og papaya og gjorde sig klar til afgang. Klokken halv ni tittede solen frem oppe over bjergkammen. Natten havde været kold. De sov begge med tykke sokker for ikke at fryse om fødderne og tre lag vattæpper for at holde kroppen varm. Solen fik hurtigt magt, og en time senere begyndte lun luft at blæse ind i deres lille hus. De pakkede deres ting og gik ned til den blå citroën over nogle brædder, deres værter havde lagt på gruset. Hver gang måtte de passe på ikke at falde over brædderne og indkørslen, der var meget skrå. Jens holdt i Annettes rygsæk, mens hun fik skubbet sig ind på forsædet, hvor den blev anbragt mellem hendes fødder. Han måtte vende bilen for at komme den rigtige vej, og det var ikke nemt med de høje stenmure på begge sider. Det gjaldt om ikke at få den mindste ridse, som straks ville koste Jens hans depositum, hvilket han var meget øm over!

For at være sikker på at køre den rigtige vej havde han både sin Ipad og sin mobiltelefon med i en holder på instrumentbrættet med ledninger, som snoede sig ned om gearstangen. Det var lidt kompliceret, men en god hjælp, når de skulle navigere ad de indviklede veje. Nedkørslen, de skulle ad for at komme til El Mocanal, hvor vejen Hi 5 ind til hovedbyen Valverde løb, var meget stejl og smal. Hvis de mødte en modkørende bil, kunne det blive farligt. Var de ikke var istand til at bremse op og køre ind til siden, ville de støde sammen. Jens sad hele tiden og holdt på håndbremsen, mens han sneglede sig nedad i første gear. De kom frelst ud på hovedvejen og kørte videre gennem småbyer med huse som byggeklodser i gule og røde kulører.

Vejen til La Caleta gik langs lufthavnen. Her drejede de til højre og kunne snart efter parkere lige ved trappen, som førte ned til badeområdet. Jens åbnede bagageklappen og gav sig til at samle deres ting. Da han var færdig, opdagede han, at Annette var stået ud af bilen og forsvundet. Han blev nervøs, for der var stejle skrænter på begge sider, og langs molen længere fremme brusede havet dybt nede.

– Tænk, hvis hun var styrtet ned! Han havde ansvaret for sin ældre kammerat og ville helst hele tiden have et øje på hende. Hen begyndte at lede og gik langs kysten, men der var hun ikke. Så gik han op i den lille by til købmanden i håb om, at hun sad uden for butikken, men der var hun heller ikke. Det var utænkeligt, at hun på egen hånd havde begivet sig ad de stejle trapper ned til poolområdet. Alligevel valgte han for en sikkerheds skyld at gå hen og kigge efter.

Nede i den ovale pool med isblåt vand sad Annette på en trappe med kroppen halvt nedsænket og vinkede op til ham og råbte: "Hej!"

Et kort øjeblik blev han vred og tænkte på at skælde hende ud, fordi hun var blevet væk og havde gjort ham nervøs, men ombestemte sig og råbte: "Har du det godt?", og hun svarede glad op mod ham, at det havde hun og vinkede tilbage.

-Sådan var hun, tænkte han. Man kunne aldrig helt vide, hvor man havde hende; men det var netop charmen ved at være på ekspedition med Annette!

Han fandt en skyggefuld plads til dem begge under et klippefremspring, som det lykkedes ham at hamre hovedet op i, idet han rejste sig for tidligt. Altså var det ikke Annette, som kom til skade, men ham selv. Typisk!

Men det skulle ikke afholde ham fra endelig at komme ud og dykke!

Annette måtte lige have lidt hjælp til at få den våde badebluse krænget af skuldrene, og så var han på vej. Først hen til den sydlige moles metaltrappe, der førte ned til den eftertragtede verden under vandet. Han kom ned på andet trin, da en mægtig bølge ramte ham bagfra, så han nær var trimlet omkuld. Et øjeblik blev han bange og greb ivrigt fat i stigen for ikke at blive suget væk. Han stod lidt og ventede på roligt vand, men snart efter kom en ny stor bølge og overskyllede ham. Det blev hurtigt klart, at her skulle han absolut ikke prøve at komme ud, da han næppe ville være i stand til at komme op igen. Han kravlede derfor op ad stigen med uforrettet sag og temmelig ærgelig, da i det samme en smuk fransk kvinde tiltalte ham og fortalte, at hun havde set hans vanskeligheder med at komme ned i vandet. Hun rådede ham til istedet at forsøge fra den nordlige mole, hvor vandet ikke var så oprørt. Jens rødmede klædeligt og forsøgte at besvare hendes anbefaling på skolefransk, da hun slog over i perfekt engelsk og fortalte, at hun boede på øen, hvor hun havde slået sig ned, efter hendes mand var blevet dræbt ved en trafikulykke. Hun svømmede hver dag en halv kilometer og dykkede langs kysten, hvor der var masser af smukke fisk at se på. Jens tog glad mod rådet og gik over til den anden trappe, hvor vandet ganske rigtigt var mere roligt. Han tog sine dykkerbriller på og stak snorklen i munden og kom denne gang nemt ud i havet.

– Endelig, tænkte han, – er jeg havnet i det element, jeg holder allermest af!
Han gled langsomt, som fløj han, hen over havbunden med suset af hans eget åndedræt gennem tuben hængende i ørene. Det var mageløst! Store stimer af bittesmå slanke sølvfisk indhyllede ham med lynsnare skift, og langs de lodrette sider svømmede store brune og røde aborre og spiste af tangplanterne. Nede på bunden levede små farvestrålende dyr, som alle var igang med et eller andet. Jens var også igang, – med at se og suge til sig. Nu og da svømmede et stort sildelignende væsen tæt hen til hans ansigt, stirrede ham ind i øjnene og sagde: – Nå, så du er kommet her ned for at besøge os. Pas nu godt på, at du ikke drukner. Du har jo ingen gæller!
Jens spurgte, hvad fisken hed og fik det svar: – Hernede hedder vi ikke noget. Vi er her kun, og det er nok.
Han svømmede længere ud, hvor dybet begyndte at antage denne sortblå farve, som viser, at der er meget langt til bunden. Han havde hørt, at havdybden rundt om øen kunne være flere kilometer. Dernede var det bælgravende mørkt.
Derfor den sortblå farve…
Efter således at have flydt vægtløs rundt i det maritime miljø en halv time kom han til sig selv og steg som nyfødt op af vandet.
– Fantastisk! råbte han til Annette, som sad på en bænk og solede sig. – Det var vildt flot!
– Var der mange fisk?
– Sindsygt mange og skide flotte. Det var skønt. Jeg elsker det!
– Det var godt, svarede Annette. – Skal vi snart have noget at spise? Jeg er sulten!
– Ja, ja, ja, nu kommer jeg lille frue, spøgte jens. – Der er en parasol og et par stole udenfor købmanden. Der går vi op om et øjeblik og køber noget mad og noget at drikke.

Hos købmanden var der store modne tomater, hvidløg, brød og en skål grønne oliven, som de tog med ud til et lille bord . Her spiste de. (Jens fik hvidløg galt i halsen og måtte løbe væk, så meget hostede han!) Han fik osse sendt en masse billeder afsted til nær og fjern, fordi nettet var godt, hvad det ikke var oppe på bjerget, hvor det nærmest var fraværende.

Det var et livligt sted, de sad. Byens samlingspunkt med evigt rend fra og til og højlydt og lynhurtig spansk palaver, de ikke forstod et ord af. Men det var dejligt at sidde i den varme luft under parasollen og bare være der.
Annette og Jens.

Der var en anden vej ned til Mocanal uden om det stejle bjerg. Den var lidt længere, men mere behagelig, og den tog de næste dag. Det var Annette, som havde fundet den på kortet. Hun var meget optaget af hvilke veje, de kørte og af at forstå deres beliggenhed i forhold til bjergene og kysterne. Hun kunne bruge timer på at sammenligne kort og studere guiden fra "Lonely Planet", som Jens havde printet ud og medbragt. Når de kørte, beskrev hun, hvad de passerede og bad Jens om at

stoppe bilen, når der var noget særligt, de skulle se. Undervejs blev et par små hvide heste udpeget som stoppested, og Annette, som er gammel hestepige med egen hest i mange år, skulle selvfølgelig ud og klappe dyrene på mulen. Der var også nogle får, og mens hun klappede og hilste på dyrene, filmede Jens sceneriet med sin lille iphone 6, som tog udmærkede billeder og film. Han ville lave en reportage af deres rejse, som han senere kunne redigere og gøre til en film, han kunne give sin rejsepartner.
Længere fremme ad vejen ønskede hun at standse ved et keramikværksted med tilstødende butik, hvor man kunne købe lokal kunsthåndværk. De blev modtaget af en lille mand med stort fuldskæg, som smilende tilbød dem tørrede bananer, som han stod og skar til og ordnede på en rist, hvor de kunne ligge i solen. Inde i baglokalet hang der musikinstrumenter og tøj, og overalt på borde og stole fløj det med alverdens mystiske ting. Annette fik straka øje på en hel bunke postkort, som hun kastede sig over og ville købe med det samme. Hun var som tidligere nævnt besat af at skrive postkort, og når Jens foreslog email og fortalte, hvor nemt det var at sende hilsner over nettet, lo hun hånligt. Postkort med rigtige frimærker skulle det være og dermed basta!
Hun købte også et blåt halstørklæde med guldstjerner og en lille gedebuk betrukket med hvidt skind. Til sidst faldt hun for en kop af keramik, som hun også ville have
Jens passede økonomien og fremdrog de nødvendige euro efter at have handlet prisen lidt ned uden at blive uvenner med ejeren af butikken, som også kendte "El Capitan" fra Restinca, men nok mente, at han var død.

I Valverde fyldte de benzin på bilen, og så fik Jens den idé, at det var tryggest, hvis de havde to mobiltelefoner, begge med simkort. Han henvendte sig til "Vodafon", men måtte opgive, da han havde glemt sit pas. I stedet betilte han pizza til dem begge i restauranten, hvor Annette var blevet sat til at vente, mens han var hos "Vodafon". Den kom og var faktisk udmærket med ristede champignon og smeltet lokal gedeost på en lækker sprød bund. På vej hjem var de i supermarked og købe ind. Salat, brød, ost og mælk, samt vand i store 10 l dunke, da vandet i huset ikke kunne drikkes.

Dagen derpå begyndte med et øredøvende skænderi mellem de to rejsende.

Om morgenen var Jens frisk, vågen og klar til at køre ud på nye eventyr, men det var Annette åbenbart ikke. Hun ville ikke afsted, da hun mente, at risikoen for at styret ned ad de stejle bjerge var alt for stor. Jens blev lidt irriteret, da han mente, at han jo kørte både forsigtigt og ansvarligt. Han følte sig pludselig omklamret af Annettes angst, og det gad han simpelthen ikke. Han sagde, at hun skulle tage sig sammen, men netop denne opfordring/henstilling var for meget for Annette, der hidsede sig op, og i løbet af få sekunder begyndte at skrige højt, at hun ikke ville høre på "ordre" fra andre om, hvorledes hun skulle opføre sig. Hun fortsatte sit skrigeri. Det fik Jens til at banke hånden hårdt ned i bordet og råbe, at nu var det nok, og at hun kunne rende ham noget så læsterligt!

Så gik han ud. Han måtte have luft. – Væk fra denne hysteriske kvinde, tænkte han. Han gik en tur op på bjerget til gederne, som kiggede deltagende på ham gennem deres smalle iris. Han faldt til ro og gik tilbage. Annette havde lavet the og sad og læste. Ingen af dem sagde et ord. De var klar over, at der, hvor de lige havde været, skulle de ikke hen igen, – og de kom det heller aldrig mere. Det blev klart for Jens, at rejsen måtte være på Annettes præmisser. Det kunne ikke være anderledes. Han var den stærke og erfarne rejsende. Hun var den svage og frygtsomme og måtte beskyttes. Ikke flere angreb. Ikke mere krig.

– Fra nu af har du vetoret, sagde han stille.

Annette forholdt sig tavs.

De blev i huset hele den dag. Gik små ture hver for sig. Jens fik sine akvarelfarver frem fra kufferten og gav sig til at male deres udsigt med de mange små træer, buske og blomster.

Det krævede tid og koncentration, som ophævede den rastløshed, der havde grebet ham, og som måske var den egentlige årsag til hele miseren.

Lørdag morgen havde Jens indstillet sig på ikke at køre ud, og det kom som en overraskelse for ham, da Annette fremlagde planer om en tur over på den østlige kyst til øens store færgehavn Puerto de la Estaca. Her anløber færgen fra de andre canariske øer, og der skulle også være en strand, Las Playas i nærheden, hvor de kunne bade. Jens var fyr og flamme. Han skulle bare lade Annette køre løbet, så kom de ud på så mange udflugter, han kunne ønske. – Fint, tænkte han, og så tog de afsted.

Hver gang, de lagde kursen over mod den østlige side af øen, måtte de ned forbi lufthavnen. Det var en spektakulær rute ad kurvede veje langs blødt formede vældige lavamasser, hvis overflade tiden havde slidt, og som nu var beklædt med et mørkegrønt lag af ensartede buske, der fik den til at fremstå, som var det huden på et stort dyr.

Hele El Hierro VAR et stort dyr! Et levende væsen med buldrende mave, som nu og da kom i udbrud, sidst i 2011 i forbindelse med eruptionen på La Palma.

Alle de canariske øer hang sammen. Når noget skete på een ø, havde det indflydelse på alle de andre i arkipelaget.

Det var også det, Jens følte, når de kørte. Han mærkede en varme på sin skulder, der dæmpede frygten i de angstskrig, Annette udsendte. Det var lige som øen talte til ham.

Allerede de første dage oppe i hytten mærkede han det. Han sank ind i sig selv, når landskabet og den levende jord gavmildt bød sig til. Han faldt til ro, og alt gled friktionsløst. Efterhånden også forholdet til hans rejsekammerat, der ellers i begyndelsen havde været ret kompliceret.

De drejede ad den sidste kurve, lagde lufthavnen bag sig og kørte ind i en tunnel. Annette blev skrækslagen over det pludselige mørke, og Jens måtte berolige hende med, at det var kortvarigt. Snart sås lys forude, og kort tid efter kørte de ind på en parkering tæt på Puerto De La Estaca.

Der var ingen ledige pladser ud over dem med kørestolmærket. Annette skulle lige finde sine ben og stod et øjeblik og pustede, mens Jens løb over og prøvede at danne sig et indtryk af stranden ved siden af havnen. Sandet var kulsort. Nogle tomme træskure, en enkelt parasol og et par solbadende var, hvad der var at se. Det var drønvarmt, og det eneste, Jens tænkte på, var at springe på hovedet i vandet, men Annette stod deroppe og ventede, så det kunne ikke nytte noget.

Fra havnepladsen lød høj skrattende musik. Da de kom nærmere, blev de klar over, at der var søndagsmarked med børnekaruseller og madboder, blafrende kulørte flag og et rend af lokale familier i larmende spansk humør. Annette fik øje på et telt med udstilling af lokalt kunsthåndværk, som hun straks styrede imod. Jens måtte oversætte, men det hele var alt for dyrt. Annette blev utålmodig. De kunne lige så godt tage over til stranden, men da hun så det sorte sand og den triste beliggenhed, ville hun videre.
– Der ligger en længere henne, der er bedre, sagde hun.
– Er den ikke god nok? spurgte Jens, hvis pande drev af sved. Men det syntes Annette ikke. Hun ville videre til en, der, som hun sagde, havde hvidt sand.
– Ok, sagde Jens. – Så gør vi det.
De kørte videre ud langs kysten, der var forrevet med store sorte klippeskær og en brusende brænding. – Det ser ikke godt ud, tænkte Jens, men Annette insisterede:
-lidt længere henne kommer det. Bare fortsæt lidt endnu. Det står på kortet, som jeg sad og kiggede på derhjemme. Det hedder Las Playas. Helt sikkert!
De kørte et par kilometer mere og kom til et sted, hvor de kunne parkere overfor noget, der lignede en strand, men her var sandet stadig kulsort, og den så øde og uindbydende ud.
Annette stod møjsommeligt ud af bilen og gik over og inspicerede:
-Her vil jeg ikke være, råbte hun. – Det er ækelt. Sandet er helt sort!
– Sådan ser det ud, fordi det er vulkansk, svarede Jens.
– JEG ER LIGEGLAD! skreg Annette. – Jeg vil til Caleta. Der er rent. Her er beskidt!

Op i bilen med hele pivetøjet og tilbage igen ad samme vej med snoede serpentine bugtninger forbi lufthavnen, gennem tunnelen ned mod Tamaduste og endelig forbi deres lille købmand, hvor der kun er plads foran indkørslen til en mark, som Jens skønner ikke bliver brugt. Annette går i forvejen ned mod børnepoolen, som hun plejer at bade i, men den er halvtom, og hun må tage det store bassin med blåt atlanterhavsvand, som Jens hjælper hende ned i med forsigtighed, så hun ikke skal trimle omkuld på den stejle trappe.
Så flyder hun som en ballon i vandet.

– Det er dejligt, råber hun og griner.

Jens kommer også ned i vandet, og så svømmer de som to glade frøer rundt og nyder endelig at være nået frem.

Senere, mens Annette slapper af på en sten i skyggen, tager Jens sine dykkerbriller på, begiver sig ud på molen og ned i vandet ad den lodrette stige og kaster sig i dybet.

Han vender sig om, tager snorklen i munden og forlader alt og alle og begiver sig ind i en mystisk verden blandt stimer af slanke torpedofisk, rødmossede trompetdyr og virkelige monstre, som får ham til at gyse inde bag de duggede briller.

Så er han renset. Klar til nye udfordringer og stiger op til sin veninde, som siger:

– Jeg fik en mand til at hjælpe mig af med den våde trøje!

Et stykke derfra står en høj mørkhåret spanioler og griner.

– Hun har vist været ude med snøren, tænker Jens, men hun skal da også have lidt sjov på turen, hun er jo trods alt 82!

Tilbage i hytten efter en lang begivenhedsrig dag laver Jens spagetti med sovs af tomat og champignon, revet spansk ost, som Annette elsker og en stor skål advocadosalat med den lækre balsamico dressing og godt med hvidløg og oliven. Jens får et halvt glas lokal rødvin til. Annette drikker ikke vin. Kun vand.

Mandag skal de på posthuset. Ubetinget. For Annette skal bruge flere frimærker til sine utallige postkort. Hun har artiklen om "El Capitan" med og viser den frem. Der bliver stort postyr og løben frem og tilbage, da en politibetjent, som netop ankommer, viser sig at kende danskeren og henviser til en bar i El Pinar, hvor en tysk dame angiveligt skulle have informationer om ham.

– Der tager vi hen, siger Jens.

– Jeg ved ikke, om jeg orker mere, siger Annette.

– Du bestemmer, svarer Jens, og så bliver sagen om "El Capitan" lagt til side. Foreløbig...

På vej til Valverde er de inde hos de to keramikkunstnere, hvor Annette har glemt sit halstørklæde, og hvor hun investerer i to store maracas med lokale motiver, samt endnu flere postkort. Jens er bekymret for, om hun kan have det hele i sin rygsæk, men det mener hun, sagtens hun kan.

Lidt længere henne ad vejen ligger et af øens mest kendte udsigtssteder "Mirador de la Pena", som er toppen af det nordvestlige bjergmassiv, hvor der er bygget et komplex af haver med gange, som fører ud til balkoner, der hænger på klippen med udsigt over hele den vestlige kyst mange hundrede meter nede. Bag haverne ligger en stor restaurant helt i glas og med servering fra terrasser, der svæver i luften under himlen højt over det mørkeblå hav. Det hele er tegnet af arkitekten César Manrique, som gennem hele sit liv kæmpede mod den stigende turistificering af de Canariske øer. Derfor findes der ingen store hoteller på El Hierro og heller ikkke på Fuerteventura, hvor det ligeledes lykkedes ham at holde byggevanviddet og kapitalinteresserne ude.

Jens gik omkring og nød den storslåede udsigt og det velanlagte og diskrete byggeri. Annette var kun ude af bilen et øjeblik, så blev hun svimmel af at kigge ned og måtte sætte sig ind igen. Hun brød sig ikke om stedet, og da Jens ville derop en anden gang, nægtede hun.
– Jeg bliver i bilen, så kan du gå rundt. Jeg skal ikke nyde noget. Der er alt for langt ned. Jeg bliver svimmel!

Tiden nærmede sig, hvor deres ophold skulle slutte, og de sidste indkøb måtte foretages. De havde fundet et stort supermarked i udkanten af Valverde, hvor de handlede ind. Grøntsager, ost, brød, mælk og margarine, så var køleskabet fyldt op, og de havde nok til resten af turen.

Når de kørte ind til byen passerede de et mærkeligt monument helt i cement og hvidt som flødeskum. Det bestod af to store hoveder med hver kun et øje. Der var også en borg med soldater, og det hele var bygget op over kasserede køleskabe og vaskemaskiner. Borgen var lavet over smadrede biler, der var brugt som skelet inde under cementen. Det var meget mærkeligt og skulle skildre nationaldagen; den dag da El Hierro blev selvstændig. Alle øens børn havde været med til fremstillingen, hvor de hver havde presset et lille stykke farvet glasmosaik ind i cementen, inden den størknede.
– Jeg forstår ikke en skid af det hele, sagde Jens.
– Det gør jeg heller ikke, svarede Annette.
– Jeg tror, det skal beskrive El Hierros kamp for økologi og genbrug, og hovederne mangler ikke det ene øje, – nej de blinker til os for at fortælle om deres fidus med at bruge gamle biler og køleskabe til ny kunst.
– Meget muligt, svarede Annette tørt.

De kørte hjem gennem El Mocanal, hvor Jens lige nåede at købe to modne advocado i det lille supermarked, inden de drejede ad den stejle vej op mod huset, hvor de nær blev torpederet af en vanvittig mand i rasende fart på vej ned.
Om aftenen gik Jens alene hen forbi gederne og videre ad en smal sti rundt om bjerget og satte sig på et stengærde, mens himlen skiftede fra lyseblå til rosa og derefter gråsort på 10 minutter.
Palmernes tyste silhuetter og de små kids brægen var en berigende stund for den gamle mand, der vendte tilbage til huset og sin rejsekammerat med lyst og optimistisk sind.

"Ecomuseo de Guinea Lagataria" var et must for dem begge!
Det er et "frilandsmuseum", hvor de oprindelige beboeres huse er opført, og hvor man kan se kæmpefirbenene i levende live.
Disse reptiler er enestående for El Hierro og er truet som art. De blev fanget og spist i stor stil af berberne, som kom sejlende fra Nordafrika, slog sig ned og næsten udryddede bestanden. Man forsøger nu at få dem til at formere sig og sætte dem ud i naturen igen, Alt det skulle de selvfølgelig opleve og kørte afsted mod vestkysten, hvor museet lå. På

vejen ville Jens lige et smut op forbi udsigten fra Mirador de la Peña Pena – meget mod Annettes vije.
– Jeg står ikke ud af bilen, sagde hun. – Jeg bliver svimmel af det sted!

De skulle også gennem en lang mørk tunnel, som Annette heller ikke kunne lide, men endelig kom de frem og parkerede i skyggen bag en mur.
Det var meget varmt. Annette pustede og råbte på vand. Jens bragte hende en flaske og gik så ind og købte billetter til rundvisningen.
De fik net og hjelm på hovedet, fordi de skulle ind i en vulkansk grotte med risiko for at støde ind i de skarpe klipper. Annette havde svært ved at gå i det smalle spor og blev støttet af en ung mand fra museet.
Det så ud til, at de to sagtens kunne klare sig uden Jens, der slog sig ned i skyggen under et træ og ventede på, de kom tilbage.

Turen skulle afsluttes inde hos de meget omtalte firben.
Det var et stort terrarie, hvor dyrene lå og sov. De var svære at se, og gruppen diskuterede ivrigt, om der overhovedet var nogen. Til sidst fik de øje på to, som blev fotograferet, og så var det slut.
– Det var der ikke meget ved, sagde Jens.
– Men den unge mand, som hjalp mig, var sød. Kan du ikke give ham nogle penge?
– Jo, jo, jeg giver ham 10 euro.
Jens styrtede rundt for at finde den unge mand, men han var som sunket i jorden, og han ville ikke give pengene til de andre ansatte, som måske ville stikke dem i lommen selv, – tænkte han.
Til sidst fandt han manden og fik overrakt pengesedlen, og så kørte de endelig. Ned til La Maceta og det var en anden historie!

I stedet for den trykkende varme og tunge atmosfære af fortid og dyremishandling lukkede kysten sig nu op med enorme bølger og skumhvid brusende brænding.
La Maceta er flere store bassiner skærmet fra havet af stenvolde, som tager kraften af det indstrømmende vand, så man kan svømme i det uden fare for at blive knust.
Der var allerede nogle, der lå og plaskede rundt derude.
– Gå du bare ned og svøm, sagde Annette. – Jeg bliver heroppe og ser på.
Det var lige, hvad Jens havde brug for! Han greb sit badetøj og håndklæde, løb ned ad trappen og lå nogle øjeblikke efter i det lune Atlanterhavsvand godt beskyttet af poolkanten. Bølgerne væltede ind og satte hvirvler i vandet, der gjorde det svært at holde sig fast. Han fandt dog stigen og kom sikkert på land. Da han kiggede op, så han Annette stå og vinke til ham.
Han filmede hele sceneriet, mens han kommenterede, som han havde for vane.
Begejstret over det store havs enorme kræfter, vulkanbjergenes vældige tyngde og sin egen ubetydelige lidenhed i alt dette besynderlige, som var hans liv.

De sidder og taler sammen ved morgenbordet den næste dag. Annette fortæller:
– Det, der gør mig bange og nervøs er, når du siger, at så må jeg klare mig selv. Når du bliver sur over, at det hele ikke går efter din pibe, så trækker du dig ud af fællesskabet og bruger isolationskortet. Det gør mig nervøs. Sså skriger jeg af nød, og det må du forstå.

Jens er tavs en tid, så svarer han:

– Ja, jeg kan godt se det. Det er mit sidste forsvar at lukke mig inde i mig selv. Eller at true med det, og det er ikke i orden. Det kan jeg godt se.

De spiser deres mysli i stilhed. Atmosfæren mellem dem er blevet udluftet efter tilståelserne.

Snart er de i gang med at planlægge de sidste dage af deres ophold på El Hierro.

– Jeg må på posthuset igen, jeg har ikke flere frimærker, siger Annette.

– Jeg vil osse gerne ind til byen i dag. Mit simkort til den anden mobil virker ikke her i Spanien, så jeg vil prøve, om jeg kan få et andet, som virker. Hos "Vodafon" igen på hovedgaden. Måske vi kunne holde der?

De bliver enige om at tage ind til byen og bagefter se, hvad der sker.

Det er svært at finde en parkering til bilen i de smalle gader i nærheden af "Vodafon", og Annette må vente et stykke derfra i en café, mens Jens løber ned for at få sit spanske simkort sat i mobilen. Det tager tid. Damen i butikken taler i telefon i lang tid, og Jens står og tripper og tænker på Annette, som sidder og venter. Han kan ikke lide, at lade hende være alene længe. Han har lært, at hun pludselig kan blive desperat, og så ved man ikke, hvad der sker. For hver dag, der går, føler han større ansvar for hende, når han ser hendes skrøbelighed. Det er klart, at han skal være mere omsorgsfuld, end han var i begyndelsen af rejsen, hvor han opfattede hende som en kammerat på linje med sig selv og ikke som det skrøbelige menneske, hun er.

Endelig bliver simkortet sat i, og han skynder sig tilbage til cafeen, hvor Annette slet ikke er utålmodig. Hun har i mellemtiden bestilt en stor pizza, igen med champignon og ost og sidder og gnaver.

– Vil du have et stykke?

De spiser og hygger sig. Jens får en cola, og så tager de til stranden. Til Caleta, som er deres favorit, fordi Annette har nemt ved at komme i vandet med de mange trapper og gelændere, hun kan holde fast i, og Jens kan dykke og se på fisk.

Om eftermiddagen slår de sig ned hos købmanden under hans parasol og spiser tomat og oliven, mens de underholder sig med en franskmand, som er pianist på et krydstogtskib, der ligger nede i Puerto de la Estaca. Han rejser verden rundt med de rige, tjener gode penge og har fuld forplejning ved at spille Cole Porter 2 timer hver aften ved middagen.

Hjemme i huset laver Jens kartoffelsuppe, salat med balsamico og en stor omelet med blød bund helt efter Annettes ønske.

Bagefter hører de dansk radio over nettet, – hvis der er forbindelse. Det er en god øvelse, når det falder ud, at gætte sig til, hvad der bliver sagt. Det danske folketingsvalg bliver præsenteret i brudstumper, som faktisk giver større mening, end hvis udsendelsen blev bragt i sin helhed!

Jenses undren er stor, da Annette den følgende morgen udbryder:

– Du kan da godt tage alene afsted til Maceta og bade i dag, hvis du har lyst.

Jens bliver forbavset. Det har hele tiden ligget ufortalt i luften, at han ikke skulle lade Annette være alene hjemme, mens han kørte ud med bilen. Hvis der skete noget, og hun faldt eller sådan noget, skulle han være i nærheden, men nu har hun øjensynlig fået en så stor tryghed ved huset og omgivelserne, at hun godt tør være alene i nogle timer.

– Tror du virkelig, du kan klare at være her, mens jeg kører til Maceta og bader?

– Selvfølgelig, siger hun, og det virker overbevisende, så han pakker sine badeting og drager afsted.

Det er første gang, han er ude og køre uden Annette, og det føles helt mærkeligt. Han savner hende ved sin side med hendes kommentarer og små angstskrig, når de kører ind i en farlig kurve. Han skal hele vejen ned ad bjerget og gennem El Mocanal for at nå ud til kysten. Han skal også gennem den lange mørke tunnel og glemmer at tage sine solbriller af, så han ser dårligt, indtil det går op for ham hvorfor. Da han kommer ud af tunnelen, tager han dem på igen og føler sig bedre tilpas, nu han er ude i lyset.

Vejen til højre leder ham let ned mod Maceta, hvor han parkerer bilen.

Han tager sit badetøj og går ned ad stentrappen, som fører til det brølende hav og den store pool. Der er ingen i vandet, men nogle tyske herrer sidder på stenkanten og passiarer.

– Her I været i? spørger han.

– Du kan roligt bade, det er ikke farligt, siger de og griner.

Han skifter og går hen til bassinkanten. Havet udenfor er oprørt. Store bølger slår ind over. Han tager mod til sig. Helt alene er han. Ingen Annette, som sidder oppe og vinker til ham. Han kravler ned ad stigen og styrter ud i de frådende vandmasser. Nu er han væk. Har givet sig skæbnen i vold og kaster sig rundt og dykker og fnyser og mærker, han kan bunde, og det gør ham tryg. Han bliver i vandet længe. Da han stiger op ad stigen igen og står på bredden, råber han til tyskerne:

– Jeg er nyfødt! Det er, fordi man ikke er helt sikker på, når man springer ned i det inferno af vand, om man kommer frelst op igen. Det er det, at man føler, at man tager en chance, der gør det så fantastisk at bade her!

De nikker og ler:

-Ganz richtig junger freund!

Jens føler sig 70 år yngre efter det bad og kører lykkelig tilbage gennem tunnelen og op til Annette på bjerget, der idet han ankommer, er i færd med at vande planterne foran "deres" hus.

Aftenen den sidste dag tilbringer han på et stengærde, mens han maler kaktusser og palmer i det blå lys, som sænker sig over landskabet, lige efter solen er gået ned. Han bliver vemodig, for han ved, han vil komme til at savne det hele.

Men sådan er det nu engang.

Intet varer evigt.

– Udover nuet, er der en stemme inde i ham, dr siger, og det stiller ham tilfreds.

Jens var bekymret for bilen, de havde lejet, og kørte derfor meget forsigtigt for ikke at få den mindste skramme. Han havde sat sit kreditkort som garanti og ønskede at aflevere den personligt i lufthavnen hos en AVIS medarbejder før de skulle flyve. De drog derfor afsted allerede kl. 8 for at være i god tid til at returnere deres citroën.

Da de ankom, var der ingen til at modtage bilen, og Jens måtte løbe frem og tilbage for at få en medarbejder til at komme og hente køretøjet.

Imens lå Annette på en bænk og sov.

Da bilen var afleveret i uskadt stand faldt en sten fra Jenses hjerte.

Han fik fat i en kørestol til Annette, og sammen boardede de det lille blå "Binter" fly til Las Palmas og alt gik fint.

I lufthavnen i Las Palmas stod der en stor sort afrikansk mand parat med en ny kørestol til Annette, og så kan det nok være, de fik fart på! Han stæsede afsted udenom alle kontrolposter, så de undgik at få endevendt deres bagage og blev ført direkte i transit ud til gaten, hvor de sågar havde tid til at nyde en sandwich og noget vand!

Flyveturen med den store Norwegian maskine forløb helt uden problemer. De fik deres veganske måltid, og i Kastrup tog de en taxa ud til deres Metro hotel, hvor de gik på hovedet i seng.

Om morgenen var der buffet, som de nød, mens de talte om den fantastiske tur, de havde været ude på sammen.

– Tænk at jeg overlevede det, sagde Annette. – Det er næsten ikke til at tro på. Måske ER jeg død, og det her er en drøm.

– Det tror jeg ikke, svarede Jens. – Jeg føler mig mere levende end nogensinde, og det skyldes ikke mindst dig min kære ven! Du har været den bedste rejsekammerat, jeg nogensinde har haft.

Annette så Jens dybt i øjnene og sagde så:

– Jeg er kommet til at kende dig på en hel ny måde. I gamle dage på Bornholm, da vi var unge, var vi ikke altid de bedste venner, men denne rejse har ændret mit syn på dig. Jeg er virkelig kommet til at holde af dig!

– Jeg elsker også dig, svarede Jens.

Så sad da de to gamle mennesker overfor hinanden ved et bord i kælderen under Cabinn Metro, mens brunchens folk myldrede til og fra de store buffeter, og græd af glæde over hinanden og over deres fælles vellykkede tur til den lille ø El Hierro.

Det var meget rørende!

På hovedbanegården var der travlhed, og billetkontoret havde lang kø. Jens hjalp Annette med at købe billet til Århus i en automat i stedet for. Der var ikke lang tid, til toget mod Ålborg skulle afgå. De kom ned med rulletrappen og fandt vognen, hun skulle sidde

i. En sidste hånd og et sidste skub bagi, og hun var oppe i kupeen.
– God rejse Annette! råbte Jens, da toget langsomt bevægede sig ud fra perronen.

Så var han alene – igen – og fandt sit tog mod Nykøbing, der skulle afgå om et kvarter.

SLUT

© 2022, Jens Michael Høy
Forlag: BoD – Books on Demand, Hellerup, Danmark
Tryk: BoD – Books on Demand, Norderstedt, Tyskland
ISBN: 9788743053781